그녀의 시모노세끼항

황금알 시인선 144
그녀의 시모노세끼항

초판발행일 | 2017년 4월 16일

지은이 | 김요아킴
펴낸곳 | 도서출판 황금알
펴낸이 | 金永馥
선정위원 | 김영승 · 마종기 · 유안진 · 이수익
주간 | 김영탁
편집실장 | 조경숙
표지디자인 | 칼라박스
주소 | 03088 서울시 종로구 이화장2길 29-3, 104호(동숭동, 청기와빌라2차)
물류센타(직송 · 반품) | 100-272 서울시 중구 필동2가 124-6 1F
전화 | 02)2275-9171
팩스 | 02)2275-9172
이메일 | tibet21@hanmail.net
홈페이지 | http://goldegg21.com
출판등록 | 2003년 03월 26일(제300-2003-230호)

ⓒ2017 김요아킴 & Gold Egg Publishing Company Printed in Korea

값은 뒤표지에 있습니다.

ISBN 979-11-86547-59-5-03810

*이 책 내용의 전부 또는 일부를 재사용하려면 반드시 저작권자와 황금알 양측의
  서면 동의를 받아야 합니다.
*잘못된 책은 바꾸어 드립니다.
*저자와 협의하여 인지를 붙이지 않습니다.
*이 도서의 국립중앙도서관 출판예정도서목록(CIP)은 서지정보유통지원시스템
  홈페이지(http://seoji.nl.go.kr)와 국가자료공동목록시스템(http://www.nl.
  go.kr/kolisnet)에서 이용하실 수 있습니다.(CIP제어번호: CIP2017007784)

그녀의 시모노세끼항

김요아킴 시집

황금알

세상은 각기 다른 생의 지층으로 다져져 오롯이 존재한다.

부박(浮薄)하면서도 고단한 곳에 켜켜이 쌓여간 생의 모습 속에 시는 늘 자리해야 함을 다시 한 번 깨닫는다. 그래서일까? 이번 시집엔 '생'이란 단어가 많이 등장한다. 더 낮은 자리에서 시를 통해 본 우리 시대의 민낯, 그 속엔 4.16의 아픔 또한 잊을 수가 없다.

진정 시가 우리들 생의 자그마한 위로와 희망이 되었으면 하는 바람 간절하다.

아직 봄일 수 없는 4월의 어느 날 금곡에서
김요아킴 씀

차 례

1부

2부

3부

4부

1부

다시, 율포

그해 여름 율포만은
시대만큼의 습기를 머금고
지는 해의 그림자를 붙들었다

파도가 실종된 수면 위로
몇 개의 파라솔이 부표처럼 떠다니며
새파란 하늘을 가렸다

해수사우나 냉탕에서 몸을 담근 나는
보트를 타고 나간 딸아이들의 흔적을
TV처럼 지켜보았다

수평선은 빨랫줄처럼 팽팽하고
흰 거품을 내는 아이들의 즐거운 비명이
깊은 자맥질을 하며 펄럭였다

나도 아이들처럼 나부끼며
온몸을 물 틈으로 비집고
소금기 가득한 꿈을 꾸었다

순간, 코로 엄습하는 공포가
유영을 학습치 못한 시절을 들춰내며
벌떡 제자리로 솟구쳤다

망막 속으로 사라진 아이들, 한 뼘의
그 세월은 가늠키조차 싫었고
철렁하는 마음이 먼저 닻을 내렸다

입었던 구명복의 기억을 짜내며
마악 율포로 환생하는 제트엔진의 요란함에
풀린 다리를 겨우 욕탕 밖으로 뗄 수 있었다

스트랜딩stranding 유서

육지 위로 고래 한 마리가
정박해 있다

무리에서 이탈하여 맨 먼저
생의 종지부를 확인하려, 소리 없이
등을 해변에 갖다 대었다

그날 아버지는 얼굴에 돋은 흰털을
모두 깎으시고
물 밖으로 나와 누우셨다

밀려오고 밀려가는 지난날의 일들이
모래처럼 쌓인 방바닥에서
그리곤, 움직이질 않으셨다

신이 인간과 소통하기 위해
보냈다는 그 고래의 오늘 일에 대해
이유를 타진하기엔 우리들 시간은
너무 짧았다

다만 초라하게 남아 유영해야 할
생을 경계하며, 결벽 같은
고래의 매끈한 피부처럼 당신은
스스로 유서를 쓰신 것만은
확실하였다

어시장을 말하다

할매들이 바다를 나간다

새벽을 틈타 빨간 고무다라이를 타고
정박 중인 남해의 큰 항구를 조업 중이다

돛대는 이미 바람에 맡기고
수런거리는 흥정으로 입질하는 고기들을
하나하나 낚아 올린다

비록 풍장 될 듯한 가난이지만
퇴적한 세월에 비례하는 손놀림이
예사롭지 않다

남편들은 단 한번 바다로 나가지 않았고
오로지 독한 누룩으로 발효될 뿐이다

소금기 선명한 유전자가
다음 생의 준비를 위해 서둘러 분류되고
깊은 물길을 따라 떼 지어 유영한 푸른 꿈들이

낡은 도마 위에서 파닥거린다

쇳대 묻어나는 목소리에
비늘처럼 떨어지는 환한 햇살이
오늘을 또 비춘다

스무 해 전 이모할머니가 그 자리에
떡하니 앉아 있다

털보네 장의사

그의 검은 수염은 세상의
모든 주검을 다 거두어가려는
객기로 어려 보였다

아니 간혹 삐져나온 흰털들이
캄캄한 밤에 떠다니는 소복 같아
외려 더 무서웠다

웃지도 찡그리지도 않은 표정과
맞닿은 넓은 그의 이마엔, 애써
주름진 생계의 흔적은 찾을 수 없었다

상가의 근조등이 사위어지고
그가 저세상으로 보낼 운구의 흔적이
또렷한 지문으로 남아 있을
마을 길모퉁이 낡은 목조건물,
삐거덕거리며 한 짧은 그림자가 내는
소리보다 더 낮춰 어린 우리들은
까치발로 죽음을 피해 다녔고

시신이 드나들던 장의차 뒷문엔
아직 지워지지 않은 향내가
곡소리처럼 들려왔다

유년이 깊을수록 그 기억은
더욱 아련히 퇴적되어가고
그리고 지금, 아버지의 육신이
그의 손에 맡겨져 있다

말랑젤리 결투

결투가 시작된다

흑백 필름으로 인화되는 토요일 밤
멀리서 구해온 아버지의 말랑젤리는
어린 우리들을 건맨으로 만들었다

꼭 황야와 석양이 반복되며
화면 가득 금괴를 약탈하는 악당들의
거친 태클처럼 포장지는 뜯겨진다

허연 설탕 가루를 휘파람같이 날리며
등장하는 서부의 총잡이

한 개를 더 탈취하려는 막내의 아우성은
황급히 도망가는 마차의
바퀴 소리로 기억된다

결투는 이미 주인공의 눈빛에서 읽혀진다

전광석화같이 표적으로 쏘아 올린 총알들
정확하게 단맛으로 변해 갔고
쓰러진 검은 그림자들은
빈 봉지의 바스락거림으로 남는다

유창한 영어발음으로 엔딩자막을
차례로 호명하는 아버지의 목소리

그 판정에 불복하며 엎드린
한 인디언을 닮은 동생의 신음이
천천히 오버랩 된다

문자 birthday

세상에 태어나기 전날, 이미
죽음을 준비해 두라는 보험사에서
축하의 메시지가 날아들었다

그날 밤 엄마의 자궁을 유영하다가
새로운 여행을 설레며 기다리다가
깨어난 이슬 같은 새벽, 벌써
문자들이 줄을 서 있다

걱정 없는 노후를 대비하는 연금공단에서
돈 없이 살 수 없는 생의 재테크를 위해
막 프리미엄 고객으로 등극 되었다는 은행에서
나의 행운과 건강을 황급히 빌어주었다

더 안락하고 안전하게
도로를 질주하라는 자동차 대리점과
살아남기 위해 빠름이
뭔지를 보여주는 이동통신사에서, 또한
멋진 설화로 나의 탄생을 각색해 주었다

그리고 두 시간 뒤, 마누라가
끓여주는 미역국으로 birthday를 새삼 확인하였고
나를 낳아준 엄마의 목소리가
전파를 타고 귀에 도착하는 데는
적어도 한 시간의 기다림이 더 필요했다

그 친구

이십 년 만에 만난 녀석은
문틈으로 삐져나오는 산 자들의 통곡과
향불의 타들어 가는 마음이
자신의 재산이라고 했다
반갑게 악수를 하며 전해오는
쇼펜하우어의 숨결도 여전했다

한때 대입을 위한 교실이
환하게 지펴질 때도 녀석은
교과서 대신 페시미즘을 집어 들었다
핏기 가신 말투와
한 번씩 날려대던 시니컬한 웃음은
스스로 유배를 자처했다

마악 건네지는 차디찬 명함엔
근조 화환을 가지런히 하며
망자의 가는 길을 안내하는 그의 지문이
업業으로 남아있다
몇 순배의 술잔이 나돌고 녀석은

곧 그의 재산을 환원할 거라 했다

그리고 정확히 이십 일 후
그는 약속을 지켰다
먼바다와 맞닿은 푸른 방파제에
한 점 부고訃告로 떠올라
녀석은 나의 잰 발걸음을
우두커니 멈추게 하였다

만물상회

알라딘이 아파트 공터에서
열심히 램프를 문지른다

손때 묻은 카바이드 불빛 아래
봄날의 벚꽃은 달아오르고

주문만 외면 뭐든지 차려놓는
성실한 그림자가 고맙다

서역에서 건너온 힘센 거인은
동화 속으로 이미 사라졌지만

램프가 쏟아내는 부장품들은
없는 것 빼고 다 있다

간혹 자신의 보물을 자랑하려는 듯
우렁찬 목소리로 백성들을 부르지만

환호하는 사람들은, 선뜻

뵈지를 않는다

짜장면 그릇을 덮어 놓은 신문지만
어지러이 나뒹군다

마악 쪼그려 앉은 알라딘이 다음 생을 위해
찬찬히 벼룩시장을 읽어간다

영역을 점하다

월요일 새벽 주차장으로
사자 두 마리가 대거리를 하고 있다

포효하는 소리가, 이미
아파트 콘크리트 벽을 뚫고
사람들의 평화스런 기억을 뒤흔든다

늙은 암사자와 갓 갈기가
무성하게 뻗어 나온 수사자가
정면을 응시하며 한 치의
틈도 내주지 않고 있다

일순간 고이는 정적,
태양이 땅을 내리누르는 힘만큼이다

이미 터를 잡은 암사자는
선을 경계로 뒤에 이주한 수사자의
그 행동이 못마땅했다

수사자는 민감하게 반응하는
암사자의 고성에 진저리가 났다

사람들은 귀찮은 듯 주위를 서성일 뿐
몇 번의 요란한 경적 소리로
서로의 영역을 다시금 확인하고

순간, 나는 오늘 저녁에 방영될
그 동물의 왕국이 몹시 기다려졌다

감자탕 패러독스

삼경을 넘은 초량 뒷골목으로
뼈다귀를 찢는 비명이 요란하다

불콰해진 목소리에 실려
울분 하나가 맑은 술 한잔에 잠긴다

연이어 살점을 바르며
쩝쩝거리는 장면이 호러처럼 연출된다

끊임없이 서로에게 퍼붓는 독설만큼이나
등골을 빼먹는 입도 집요하다

비릿한 고깃내를 시대보다 더 독한
양념으로 잡은 국물이 뜨겁다

늘 굶주린 마음은 흐물거리는 우거지보다
적당한 알감자의 토실함으로 낙찰된다

식탁 위로 수북이 발굴되는 뼛조각이

당시의 진실을 증언하기에 충분하다

모두가 제정신을 잃어갈 무렵, 먹이를 찾아
마을로 내려온 멧돼지의 습격소식이 들려온다

출입문 유리가 깨지고 술잔이 나뒹굴고
종족의 유골이 발견되고는 무작정 돌진을 한다

TV 화면으로 메아리치는 주인아지매의
탄성이 무섭고 역설적이다

사람이 종교다

— 마라도에서

어둠이 짙을수록 사람들은
종교를 섬긴다지만
붉은 네온십자가가 묘비처럼
늘어가는 도심 한복판,
일주문에서 대웅이 계신 곳까지의
거리만큼 구원의 마음도 비례한다지만
이곳 마라도는 오히려
종교가 사람을 숭배한다
국토의 최남단,
바람마저 외로워 돌아눕는
한낱 푸념으로 들려올 파도를
주문처럼 외며
성당은 소라마냥 바다에 귀를 대고
망보듯 고딕체로 선 교회는
관음과 합장하며 뭍사람을 모신다
선착장으로 강림하는 한 분 한 분을 좇아
소중하게 공양하는 한 끼의 짜장면
낮은 햇살은 더 낮게 몸을 읊조리고
미끈한 해초 내음과 숨비소리로 찬양하는

이곳 마라도는
어느새 사람이 종교가 되어간다

그녀의 시모노세끼항

적어도, 그날 그이와의 만남을 위해선 몇백 년 전의 뱃길이 열려져 있어야 해. 쓰시마 해협을 따라 몇 번의 풍랑을 부여잡고 통신 사절단이 상륙한 그곳이어야 해. 나라 잃은 한恨이 큰 뱃고동으로 울리며 무수한 사연을 실어 나른 연락선의 종착지이기도 해야 해. 우진과 심덕의 이룰 수 없는 사랑이 바닷속 심연深淵으로 가라앉은 곳, 지금도 둥글게 울음 우는 그곳을 스쳐 지나야 해.

우선, 그이를 만나기 위해선 삼백오십 엔의 입장료가 필요하지. 뉘엿뉘엿 해를 쓰러뜨리는 여로旅路의 마지막 날, 낯선 곳으로 혼자만의 용기도 필요하지. 문이 열리는 입구의 정면엔 서로를 교묘히 응수하는 스모선수의 정지된 화면 동작도 필요하지. 반쯤 벽을 친 남녀 탈의실 가운데서 미동조차 않고 인사를 건네는 가녀린 목소리도 필요하지.

순간, 그이와의 만남이 시작되었어. 반듯하게 세월을 읽어낸 듯한 까만 안경이 수건을 움켜쥔 나의 눈동자와 마주쳤어. 대수롭지 않은 여느 사람들과 달리 욕탕에서 뿜어져 나오는 수증기가 나의 알몸을 슬쩍 가려주었어. 선풍기 바람은 일상의 시간들처럼 돌아가고 초로初老의 그이는 한 점 머리칼을 쓸어올리며 붉게 달아오른 나의 마음을 결국 들춰내고 말았어.

물 같은 사랑

일요일이면 그녀는 늘
새벽으로 스미네
물비늘 같은 女子
깊은 안개가 바다를 담아
물방울이 잔주름 진 물결 위로
흘러내리는
물을 닮은 女子
그해 유월 광장을 가로지르는
두 바퀴의 청순한 페달
매운 최루가스로 겹쳐오는
가녀린 실루엣
절벽 같은 시대의 끝에 서서
발을 동동 구르는
물로 차오르는 女子
돌아서는 등 뒤로, 결국
가난한 골목 가로등 불빛을 깨며
쏟아지는 한줄기 빗방울
불혹 너머, 그녀는 늘
일요일마다 물로써 스며오네

핸드드립 하는 男子

커피가 말을 하는 거죠.
'내 운명, 커피의 운명은 당신에 달려 있습니다.'라고
– 박이추 씨의 말 중에서

짙은 안경 너머에 깊은 커피향이
스물다섯 번의 손놀림으로 다가온다

핏줄 당기는 타국에 제 이름을 저당 잡히고
찾은 것은 푸른 바다와 지독한 사랑,

좁고 기다란 주전자에서 흘려보낸 집착이
세상의 여러 정갈한 갈빛 꿈들과 만나
매번 새롭게 환생한다

손수 골라낸 거친 마음을 하나하나 볶으며
천천히 뜨겁게 하루를 살아내는
그 중독은 어느 보헤미안의 유산,

가끔 시큰거리는 손목에 환한 생을 덧대며
사람들 사이로 살아온 혀를 건드린다

귀가 순해지는 나이테가 그려내는
하얀 그리움 속의 그 쓰디쓴 단맛,

이미지 트레이닝

주말 경기를 앞두고 詩를 쓴다
내가 서야 할 곳은, 늘
삶의 가장자리
단 한 번도 누가 땅을 골라주지 않았던
어떤 타구가 엄습할지 몰라
머릿속으로 그려보는 다음의 변수
때론 강하게 더러는 빗맞은 땅볼을
시어 하나하나로 건져 올리는 감각적 플레이
간혹 메이저처럼 비유되기도 하고

詩를 쓰다가 역시 주말 경기를 생각한다
들어선 타석은, 항상
작은 키에 불혹의 나이
그 누구도 생에 스윙하는 법을 가르쳐 주지 않았던
어떤 투구가 날아올지 몰라
머릿속에 떠올리는 경우의 수
더러는 빠른 원관념으로 때론 느릿한 보조관념을
배트로 하나하나 맞춰내는 본능적인 플레이
어쩌다 전설의 타자가 되기도 하고

이미지와 이미지가 만나는
황홀한 습작
천천히 몸을 추스르며 제자리를 예비할 때
완벽한 플레이는 불현듯 탄생한다

2부

세월이 잔인하다

잎이 피기도 전에
꽃봉오리는 떨어졌다

수상한 계절,
깊은 안개와
방향을 가늠키 힘든 바람이
때 이른 음모처럼 습격한다

저 스스로 물을 길어 올리며
한 점 한 점 단단한 살로
희망을 채워 나가던
사월의 그 하루가
몹시도 기울던 날

이를 막아줄 든든한 동아줄은
어디에도 없었다

얇은 습자지처럼 배어오는 공포와
턱밑까지 차오른 절망이

무수한 생채기를 내며
거대한 쇳덩어리 같은 무게로
순장되었다

새파래서 너무 슬픈
꽃봉오리들이 눈물처럼 흩어져있다

세월이 지독하게 잔인하다

스릴러
— 마야의 화살

정확히 한 발의 화살촉이 뱃살에 난입할 때도
여전히 속은 허했다

먹을 것 없는 절집의 서투른 공양에
군침을 흘리기 일쑤였다

수명이 다한 작업복 차림의 낡은 털은
몹쓸 노동의 기억을 재생시켰다

목마른 공원의 묘지 사이를 어슬렁거리며
늘 죽은 자의 몫만 탐했다

가끔 눈썹처럼 휘날리는 달빛에 몸을 맡기곤
희미한 내일을 불러보았다

촘촘히 연대하고 있는 뒤 숲의 메아리가
확성기마냥 응원을 하였다

최루탄 같은 밤안개가 배경으로 처리될 무렵

급하게 사살명령이 떨어졌다

신경질적인 촉의 움직임이 자본의 논리처럼
과녁을 향했다

바람으로 이송된 간밤의 활시위에 고문을 당하듯
끙끙거리며 어디론가 실려갔다

배후로 지목된 범인은 당분간 밝혀지지 않고
다행히 생을 연장한 그 코끝으로 넘겨졌다

가장 가까이 있을 그날의 인기척을 찾아, 지금
절뚝이는 네 발이 다가가고 있다

The Boxer

그해 유월, 권투 링에서 나는
시대의 스파링 상대가 되었어요

무수히 날아드는 펀치와 집요한 잽에
잠시 넋을 놓았지요

눈물과 함께 뒤범벅이 된 콧물로
곧 통증을 알게 되었어요

가진 거라곤 맨 몸뚱어리인 약관의 나이,
냅다 지른 주먹은 허공만을 갈랐지요

따갑게 조여 오는 공포는 하얀색이었지만
관중들은 열렬히 나를 응원했어요

상대 글러브가 남겨준 멍은
푸르게 치명적이었죠

그때마다 엄마 품으로 돌아가고 싶은 마음은

울컥거리는 기침으로 남곤 하였어요

끝이 보이지 않는 싸움은 핏빛 노을의 낡은 침대 위로
또 아픈 하루를 더듬고 있었죠

그럴 때 귓속으로 흘러넘치는 바로 그 노래가
매번 나를 다독여주었어요

* The Boxer: 미국의 팝 가수 Simon & Garfunkel이 1969년에 발표하여
  부른 노래.

기억의 제곱

북부경찰서 네거리에서 좌회전을 시도합니다

아침빛이 환한 8시 15분,
붉은 신호였지만 모른 척
핸들을 왼쪽으로 꺾었습니다
마주 오는 차가 없는 해방의 거리였죠
정복을 차려입은 순경이
태극기처럼 정문에 서 있었습니다만,
백미러에 투시되는 상황이
은근 불안하기도 했습니다만,
운 좋게 타이어는 멈추지 않았습니다

그리고 그 짧은 시간, 문득
까까머리 중학 시절이 생각났습니다

밤늦은 독서실을 나서다 훤한 경찰서 앞에서
그만 시간을 저당 잡히고 말았죠
처음으로 아버지가 생일선물로 주신 전자시계,
고스란히 왼쪽 손목에서 벗겨져 버렸습니다

여전히 그때도 경찰은
정문을 꼿꼿이 지키고 있었습니다만,
놀라고 두려운 마음이
곧 진정 되려고도 했습니다만,
법보다 주먹이 가깝다던 불량한 그림자는
어둔 담벼락을 끼고 유유히 사라져 버렸죠

서둘러 액셀을 밟으며, 지금
그 기억의 모퉁이를 비켜나려 합니다

택시 안에서 서사를 읽다

요금미터계가 은밀하게 상승하는 동안
창밖으론 불온한 용어들이, 하나둘
흔들리는 불빛으로 곡예를 했다

젖은 밤늦게 강변도로를
시대처럼 질주하는 지난날의 기억들도
핸들 잡은 손을 몇 번이나 놓게 했다

취기 오른 숨소리는 그의 짠한 서사에
매번 고개를 끄덕이며
그 갈등구조에 응답했다

남도, 시골, 농사, 가난, 가출
부산, 달동네, 공장, 야근, 저축
결혼, 장사, 성공, 부도, 택시 운전

마디마디 방점을 찍는 곳마다
터져 나오는 걸쭉한 욕설과 분노
켜 놓은 뉴스보다 더 새로웠다

택시 문이 열리자, 울컥울컥
목구멍까지 치밀어 오르는 몇몇 부제는
다음 독자를 예비하기에 충분했다

장식처럼 매달린 가로등 아래
한 움큼의 감상문을 남겨놓다가
결국 대를 이은 한 위정자가 생각났다

출근法

오늘도 불법을 자행합니다

10분 이상 더뎌지는 좌회전을 놔두고
재빠르게 생의 유턴을 시도합니다

고가도로 교각 귀퉁이에서
신호보안법은 제법 깜빡이지만
순간의 눈치를 당해내진 못합니다

출근할 시간이 근엄하게 나를 기다리고
꼬리를 문 뒤차들은 얼른 내가 치워지기를 바라고
엄연히 국가교통법은 있건만
매일 이렇게 범법자로 전락하고 맙니다

조금의 지혜로운 법 세례를 받는다면
괜한 마음고생 하지 않으련만,

무심코 켠 라디오 볼륨엔
한 정치인이 깊은 좌회전을 시도하다

붉은 딱지를 떼였다는 소식이
점점 크게 들려오고 있습니다

어느 원고료

몇 날 밤을 글로 씨름하던 대가가
고스란히 환산되던 날, 문득
수화기 너머 걸려온 세월이
십여 년의 언저리로 자리했다

흐릿해진 모음의 무늬가
몇 차례의 망설임으로 대변됐고
드문드문 안부를 물어오는 제자를
입으로 그려내었다

나라의 녹을 받기 위해
몇 번이고 문을 두드렸지만
저린 가난으로 저울질당하는
아비의 생사를 어찌할 수 없었다고,

숨구멍까지 차오르는 늪에서
얼마나 돌고 돌아 내게까지
지푸라기를 건네었을까, 순간
깊은 호흡을 멈춰보았다

각혈하는 오후 속으로, 저만치
밀려가는 아직 푸른 생의 흔적
알량한 생을 조합한 글값으로나마
서둘러 붙잡고 싶었다

그 집 앞, 사진

철거가 궁지에 몰린 변두리 마을 입구
한 사진관에 내걸린
문밖의 액자가 나이를 먹는다

화목을 시도한 가족사진들이, 서둘러
쇼윈도의 먼지로 빠져나가는 사이
돌 지난 아이의 벌거벗은 얼굴이
몰려다니는 흙바람에 잠시 주름이 진다

두꺼운 전설만을 퇴적시키고
무너진 담벼락을 끼며 떠나는 사람들
그 발걸음의 무게만큼 그여 가는
턱밑 아이의 체모體毛, 소문 없이 찾아온
포크레인은 무사통과를 하고
신탁통치를 반대하는 붉은 현수막이
곳곳에 애드벌룬을 저격하는 동안
우윳빛 피부론 수염이 돋는다

주인 잃은 벽시계는 몇 번의 타종으로

밤낮의 변화만을 예고하고
몇몇 확성기에서 몸부림치는 모스 부호는
도통 수신이 되지 않은 채
뻣뻣한 털로 덮여 간다

마지막까지 집을 지킨 그 사진은
세월을 닮으려 했지만, 결국
완치되지 않을 조로증 진단을 받는다

국밥으로 환생하다

늦은 아침, 아내와 주문한 국밥을 한술 뜹니다

서로의 말투 같은 뚝배기엔
어젯밤 노동이 우거지처럼 담겨있습니다
뜨끈하게 지펴 오르는 김은
한 점 땀방울로 이마에 송글거립니다
켜켜이 묵은 책장 사이로 발효되지 못한 활자들이
와락, 한 톨 밥알로 목구멍을 채웁니다

수십 년 동안 부화하지 못한 지식들,
책꽂이 깊이 옹송거리며 동면을 취하고 있었습니다
한 푼 두 푼 모아 찾아간 헌책방의 곰팡내와
낯선 이데올로기에 묻어난 매캐한 가스도 보았습니다
지난 세기의 잔해들이 그럴듯한 제스처도 없이
마스크를 낀 채로 결별을 선언하였습니다
종이박스에 몇 상자로 차곡차곡 재여
윤회할 채비를 갖추며 이른 아침을 맞았습니다

그리고 일용할 한 끼 양식으로 다시 태어났습니다

팻테일저빌

그날 장례식은 엄숙했다

약간의 비가 모래와 함께 대지를 적셨고
그보다 더 큰 추억들이 붉은 눈동자에 매달렸다

지난밤까지도 발가락을 꼼지락거리며
고향 사막을 향해 달리던 꿈을 꾸었던
그 소리가 요란해 외려 성가셨던

하지만 다음날 머리를 서쪽으로 두고
부고장은 꿈쩍하지 않았고
한 발의 총탄처럼 울리는 울음이
두루마리 휴지에 싸여 종이상자에 담겼다

만 삼 년의 철 지난 기억들이 쳇바퀴 돌 듯
더욱 깊은 애도를 자아냈고
까만 눈망울과 까슬한 털들은
이내 숟가락으로 파낸 흙더미 속으로
영원한 시간을 뿌리내렸다

수천 년의 발효되지 못한 역사가 윤회를 거듭하듯
더 큰 증오로 퇴적되고
죄 없이 맑은 눈동자와 식은 온기는
마지막 손가락의 수소문 끝에
힘겹게 발굴되었다

그러나 콘크리트 먼지 자욱한 대낮의 하늘엔
작은 별들이 총총히 돋아났고
심장을 도려내는 비수의 번득임은
하얗게 감싼 천보다 더 눈을 아렸다

어젯밤까지도 엄마와 함께 촛불을 켜며
신을 향해 두 손을 모았던
나지막하게 어서 이 무서움을 떨치려 했던

조막손들이 모여 희망을 노래하던
놀이터 주변으로 붉은 생들이 널브러졌다

그날도 고향 사막엔 로켓탄이 날아들었다

* 팻테일저빌: 황무지쥐아과에 속하는 애완용 설치류 동물.

그대는 진정 슈퍼맨

낙동강이 몰고 오는 바람에
그대의 망토는
차압당한 생만큼이나 펄럭거린다

얇은 붉은색 팬티 한 장으로
울룩불룩한 푸른 근육을 떠받치며
끊임없이 하늘을 날 듯한 시늉을 한다

요란해지는 박자에 맞춰 점점
그대의 부츠는 연신 노래를 신었지만
오가는 이들의 시선이
들썩이는 어깨 위로 무겁다

그대가 요동치는 꼭 한 뼘의 자리엔
마악 어두워지는 하늘의 별빛이
날아올라라 텔레파시를 보내지만
지상에 남겨 놓은 일들이 많다

뭐든 해내야 하는 가장家長으로서의

주홍 글씨, 가슴에 박힌 S자는
이 지구에서 짊어져야 할
그대의 영원한 이니셜

휘발성의 냄새를 변두리 대로변으로
가끔 밀려들게 하는, 오늘도
그대의 초능력은 유감이 없다

다만 땀으로 절어버린 허물을 벗을 즈음
그대가 숨겨온 야윈 진실이, 설핏
운전대 사이로 들켜버렸을 뿐이다

순걸이 형

불혹을 넘기자 생이 흔들리며 다가온다
그는 배냇저고릴 입으면서부터 응당 세상은 고요한 것
이라 했다

늘 믿었던 지척의 거리도 불편하다
그는 캄캄한 눈동자에서 머언 바다의 모습이 보인다
했다

매번 돋수를 높이는 안경 너머 세상은 불투명하다
그는 귓바퀴에서 포착되는 모든 소리로 앞을 본다 했다

낯선 시력은 가야 할 발걸음마저 당황케 한다
그는 지표면과 연신 타진할 막대기만 있으면 어디든
간다 했다

봄날 나무껍질을 뚫는 싹의 몸살도 보이지 않는다
그는 코끝에 서성이는 바람으로도 봄을 안다 했다

곁에 누운 아내도 그림자만 보인다

그는 점자로도 읽을 수 없는 사람들의 체온이 있어 고
맙다 했다

희뿌연 최루가스 속에서도 선명하게 보였던 약관의 꿈
이 그립다
그는 부옇게나마 한 번도 느끼지 못한 판도라의 상자
를 열고 싶어 했다

시장 골목 귀퉁이 백열등 환한 막걸리 잔 위로, 문득
그 형의 눈물 한 줌을 꺼내다 보는 중년 사내가 멍하니
앉아 있다

내 몸은 신호등

이른 아침이면 내 몸으로
삼색등이 불을 밝힌다

내리막을 급하게 달려오는 마음과
숨차게 쫓아가는 오르막이 교차하는
배고픈 도로,
디스크를 앓는 산허리를 파고드는
타이어의 마찰음,
여린 동심을 지키려는 몸은
이내 붉은색으로 변한다

줄지어 꼼지락거리는 책가방 뒤로
가피加被처럼 따라붙는
호루라기 소리,
낡은 장롱 깊숙이 발효된
단 한 장의 교복 사진,
더 교문을 드나들었으면 하는 바람은
어느새 푸른 몸으로 바뀐다

짠함이 묻어나는 공동어시장의 비늘 자국들,
희붐한 북항의 속살로 털어내며
손에는 쥐다만 손수레의 발 빠른 냉기,
늘 생은 속풀이 해장국처럼 시원하지 못하고
교차로에서 멈칫멈칫해야 하는 주황색

하지만 내일도 내 몸은
여전히 삼색등으로 불이 켜진다

1987년 5월 16일

내는 선동열이 나오던, 누가 나오던 죽도록 던집니다.
한물갔건, 두 물 갔던 끝날 때까지 던집니다.
내한테 그기 야구입니다. 내가 지던, 이기던 내 게임은 내가 나갑니다.
— 영화 〈퍼펙트게임〉 최동원 선수의 말 중에서

무쇠 같은 해가 떨어지지 않으려
안간힘을 쓰는
폭격기의 속도처럼 새로운 태양이
솟아오르려는
꼭 쿠데타가 연상되는 그 날,
광장은 각기 두 차례의 홈만을 허용하며
팽팽한 긴장을 호소하고 있었다

시대의 과녁을 향해 다섯 시간 가까이
무려 사백여 개의 공이
끝까지 홈을 지키려
마운드에서 던져진 그해,
좀체 조합이 되지 않는 역설의 날짜는
무승부라는 연장의 빌미만
마련해 놓았다

목 성대의 위치를 알게 된 관중들은
거리로 쏟아져 나오며
곧 다가올 유월을 예비하는 듯했고

그때 나는 학교 기숙사 휴게실에서
어제 주워온 돌멩이 하나를 만지작거리며
중계방송이 끝날 때까지
모든 장면을 스크랩하고 있었다

그녀의 칼

수런거리는 발자국에 매달리는 허기를 쫓아
그녀는 절대 신공의 칼을 가감 없이 보여준다

피어오르는 가마솥의 안개에 휩싸여
밀교 같은 의식이 진행되는 그녀의 비칼,

시퍼런 풀들을 맵게 가르며 선홍빛으로 낭자하다

한낮의 노동으로 지친 뜨거움을
서늘한 가난으로 탕탕 내리치는 그녀,

바람을 휘젓는 냉칼의 그림자가 현란하다

메주콩마저 수많은 흔적으로 도려내고
무림의 전생을 또렷이 기억해내는,

그녀 칼의 방향은 늘 해피엔딩으로 고소하다

식구食口를 위해 시장 한복판으로 뛰어든
은밀한 이유가 모든 사람들을 쓰러뜨린다

3부

어느 봄날의 기억

심장이 쿵쾅대는 낯선 자본의 한복판
길게 늘어지는 그림자 끝으로
성당의 종탑이 굳건하다

잘 차려진 돌계단을 오르며 보았던
이식된 봄날의 평화로움
노란 간절함의 대신으로, 간혹
세월을 구걸하는 걸인의 눈빛이 멍하다

여린 꽃들이 매몰차게 수장된
한사코 눈 뗄 수 없었던 충혈된 그 날
바람이 삼백예순 날과 술래를 잡았지만
이미 보이지 않는 사람들의
연민이 어둠을 재촉한다

신을 향해 제 기도를 올리는
거룩한 이들의 눈앞으로 펼쳐진
목발과 낡은 종이박스의 실루엣, 혹은
호주머니 속으로만 만지작거려지는

몇 푼의 양심이 불편하다

유난히 뾰족한 첨탑 위로
오늘도 스스로 생을 내건
십자가의 잔인한 하루가
오롯한 주홍글씨로 박힌다

곧 거행될 미사의 깊은 침묵
초대받아야 할 당신들이 문밖에서
심장을 멈춘 채 수런거린다

지금은 침묵 중

— 정태규 소설가를 위하여

저는 세상에서 가장 운이 좋은 사람입니다.
– 헨리 루이스 게릭(Henry Louis Gehrig)의 은퇴 연설 중에서

언제부턴가 몸이 언어에 순종하지 않았다

탁탁 튀는 힘줄이 하얀 원고지에서
푸른 서사로 변주될 때에도

유년의 뜰에서 매운 거리로
그리고 교단에서 꼭 놓지 말아야 할
생의 주제가 발견되었을 때도

늘 손아귀엔 힘이 도사리고 있었다

꽃이 피고 사람들이 웃음 지을 때도
잎이 지고 이웃들이 슬퍼할 때도

이를 읽어낼 기호들은 행간을 더듬으며
부지런히 활자화되어갔다

2,130경기를 연속으로 출장한
전설의 메이저리그 타자가 처음으로

한 시즌 2할대로 떨어졌을 때

비로소 몸의 한쪽이
침묵한다는 것을 알게 되었다

배트를 더 이상 휘두를 날카로움도
1루를 향해 질주할 전력도
모두가 빠져나간 그 날

언어마저도 굳어간다는 것을 알게 되었다

서서히 잦아드는 몸의 고요
비원에 서서 우두커니
헝클어진 지천명의 실타래를 풀어본다

이제 그 침묵이 언어가 되고 서사가 된다

에필로그, 하나
'절망하거나 내가 처한 현실에 대해 부정적으로 생각

지 않을 것이다.

　가능한 한 오랫동안 버텨낼 것이다.

　차후에 그것이 찾아와도 묵묵히 받아들일 것이며, 그
게 내가 할 수 있는 전부다.'

삼포三浦를 지나며
— 김씨 할머니의 묵은 수첩

폐선 부지의 레일은 녹이 슬었다
송정터널의 어둠만큼 사라져버린 시간들

구덕포를 지나 귀향하는 낡은 열차엔
새벽녘에 흩어놓은 체취가 창가로 맴돈다
풋풋하게 흙 묻은 쪽파와
막 건져 올린 미끈한 미역들, 서둘러
부전시장 좌판으로 상봉을 시도했고
남겨놓은 몇 줌의 햇살과 해풍은
다가올 어둠을 수소문하고 있다
미포와 청사포에 펼쳐둔 자식 생각은
잠시 황홀한 풍광 속에 끼워 두고
속곳 주머니에 든 지폐 몇 장만이
저 멀리 어선의 불빛처럼 빤딱인다

주름진 생의 굴곡 따라 펼쳐진 철로 위로
다시는 돌아오지 않을 머언 기억들,
삼포를 배회하는 갈매기의 날갯짓에
소리 없이 매달려간다

현대사를 엿보다

노인은 연신 노래를 불렀다

삼팔선에서 금순이로 불효자처럼 우는 듯
지하철의 진동에 리듬을 탔다

태극기 선명하게 박힌 모자와
바지는 모두 구겨진 흰색이었다

끈 풀린 운동화의 뒤축이
그의 생을 추적하기에 알맞았다

국제시장이 얼마 남지 않은 내내
앉았다 일어서기를 반복했다

낡은 육신을 받쳐 줄 유일한 증거는
그의 까만 우산뿐이었다

불콰한 목소리에 묻어나는 짜증은
옆자리의 무관심을 도모하기에 충분했다

군가처럼 반동에 맞춰, 다시
월남에서 돌아온 김상사를 찾았다

엄습하는 한 무리들에 휩쓸려, 결국
그가 출입구에서 쓰러졌다

서투른 말투로 손을 건네는, 마침
피부색 까만 한 청년이 있었다

서둘러 내리려는 나의 동공 속으로
정밀하게 그 장면이 녹화되었다

노인은 연신 노래를 불렀고
그의 종착지는 알 수 없었다

부부횟집

넙치의 펄떡거림은 칼 쥔 자의 힘을 벗어났고
장어의 미끌거림은 개수대의 크기로 부족했다

회는 생의 단면처럼 매끄럽지 못했고
톡톡 아리게 잔가시가 돋아났다

수족관에서 느리게 유영하던 부부는
불규칙한 동해남부선 기차 소리에, 자주
두 눈 크게 뜨며 세상을 경계한다

바깥보다 어두운 불빛 아래
찾을 수 없는 손님의 흔적을
애타게 기도로 응답해본다

신의 부름을 받지 못한 수도원의 사내는
종신서원을 기약했던 여인을 아내로 맞았고
여전히 팔려나가지 않은 아가미가 숨을 쉰다

자본이 수상하게 거래되던 세기말

회 맛에는 성스러움이 이끼처럼 묻어났고, 결코
사람들의 입에는 길들지 않았다

끊임없이 셔터는 내려졌고
골목의 외진 방범등은 늦게까지 켜지지 않았다

다만, 부부는 붉은 십자가를 옆으로 그려놓고는
소문 없이 훌쩍 사라져버렸다

목욕탕 보고서

살짝 부딪치자마자
자동반사적으로 경고음이 들려온다

그의 온몸엔 푸른색 바코드가
살아온 무늬처럼 찍혀있다

시대처럼 뿌연 한증막으로
겹쳐진 뱃살은 불온하다

툭툭, 목뼈를 재낄 때마다
불거지는 공안公安분위기

사람들의 목소리는 강탈되고
멀건 눈동자는 애먼 시간을 재촉한다

접촉 불량의 확성기에나 나올 코드음이
매번 상표에 따라 변주된다

실룩거리는 피부의 기억 너머로

그려진 협잡이 요란하다

자본을 위해 오로지 악으로 버틴
생의 한 그림자가 슬프다

등산복을 입다

그의 등산복은 해거름 무렵 산을 오르는 용도다

그리고 해가 뜨면 어김없이 하산하여 수레를 끈다

그가 몇 번의 생을 바꾼 공간은 왁자한 시장 한복판,

왼손으로 타는 커피 맛이 현란하다

오가는 발걸음들이 펄럭이는 오른쪽 소매를 지켜본다

스푼에 맞춰지는 양은 그의 처지와 꼭 반비례 관계이다

블랙 같은 미래에 그는 한 줌의 하얀 희망을 풀어놓는다

투박한 손마디가 만들어내는 분위기는 다방처럼 고전
적이다

한낮의 바람이 몰고 온 종이컵으로 간혹 들려오는 동
전 소리,

무수한 그림자들만이 스쳐 지나는 하루가 또 인화된다

그가 마련한 등산복은 이미 햇살에 나이테를 더해간다

파시를 알리는 수다한 흥정들 사이로 보온 물통이 식
어간다

다시 집으로의 등산을 위해 그는 한 손으로 옷깃을 만
지작거린다

실험의 추억

형은 비글이다
입안엔 옥시콘틴 냄새가 났다

예전의 반항기는 실종되고
축축한 눈망울만이 까맣게 묻어났다

타액 같은 눈곱은 '매번'을 상기하며
희뿌연 새벽을 견인했다

기계의 굉음은 귓딱지에 붙어
이내 방음 상태다

'똑같이'란 동작이 우리 속에서
희생의 제의로 의심 없이 행해졌다

땀에 부풀은 꿈은 고통에 비례하며
짧게 깎여 나갔다

광기에 찬 주삿바늘은 생을 마쳐시켰고

형은 여전히 비글이어야 했다

자본의 논리는 단 한 번의 오작동 없이
다음 공정으로 진행되었다

물지도 울지도 못한 그는, 결국
절망의 B등급에서 풀려났다

이미 안락사가 예정되어
버려질 운명을 아슬히 비켜간 것이다

그 대가는 왼쪽 다리의 깁스로
몇 달간을 덩그렇게 치러내야 했다

그리고 형은 그때 그 기억들을, 지금
한 자 한 자 목발로 오려내고 있는 중이다

* 옥시콘틴: 암환자나 만성통증환자의 통증을 치료하는 진통제.

기억을 품다, 짠한

수런거리는 검은 대화가 낯설게 표백된다
남도 바다를 옆구리에 낀 낡은 버스 뒷좌석
습한 노동의 더께가 바람으로
수소문하듯 밀려오는 하얀 포말들
인도차이나 반도는 멀다
고향을 등지고 맞바꾼
손가락 하나의 유난한 허공 사이로
휴대폰 셔터 소리가 요란하다
휴일 풍광이 내려앉은 도로 위, 연신
굉음으로 내달리는 지난날로의 기억

그 큰 눈망울로 태어나 한 번도
흰 눈을 보지 못했다던 타잉홍氏
군용점퍼를 걸친 채 학비를 벌려 다다른
나와 같은 수출 공단 야간반원
삐딱한 쇠파이프를 꼼짝없이 교정하라는
지령을 받은 화이트 크리스마스 특근
자본의 두 축처럼 맞물려
돌아가는 거대한 로울러에, 급하게

경광등이 너덜대던 장갑 한쪽만을
남겨두고 떠난 그해

그가 지금 나와의 엷은 조우遭遇를 하고 있다
여러 명의 타잉훙氏가 버스 뒤켠으로
짠한 나들이를 하고 있다

그가 궁금했다

  바람이 시장 들머리를 지켜온 포플러 나뭇가지에 이별의 소식을 떨어뜨리고, 그의 흰색 런닝에 싸늘한 구멍을 만들었다. 카바이드 불빛이 연신 어둠을 밀어내려 안간힘을 쓰는 사이, 그는 알맞은 크기의 옷을 디자인하였다. 살아온 생의 부피가 비록 아랫배로 쉬는 숨의 크기보다 적었지만, 불에 잘 담금 된 무쇠솥의 견고함이 이내 그를 지탱시켜 주었다. 먼바다에서 건너와 피로로 방치된 열 개의 다리엔 엷은 반죽이 재빠르게 입혀졌고, 맛있게 익어가는 소리가 그의 짠한 소문처럼 퍼져나갔다.

  언젠가 프레스에 날려 먹은 그의 새끼손가락만 한 슬픔은 북적이는 손님으로 자취를 감춰버리고, 가난한 팔십 년대 언저리 한 자취생의 일용할 한 끼 양식이 되었다. 저녁 6시 푹신하게 누운 소파에 걸려든 한 프로에 희끗한 머리를 흩날리는 그가 나타났고, 대를 잇는다는 문구가 화면보다 크게 비쳐왔다.

  그의 흔적이 조바심처럼 궁금했다.

중섭공방의 女人

'그림 한 점을 사고 싶어요.'
'예? 부끄럽습니다.'
– 마사코와 중섭의 대화 중에서

　남덕군은 오늘도 치마모포를 두르고 화산석 하나하나를 실에 공양하고 있다. 길 건너다 보이는 단칸방은 손목팔찌보다 작다 꽃잎처럼 포개져 살았던 시절을 인화한다 일용할 양식을 합장하는 마음으로 차렸던 범섬의 게는 동판 위에서 전생을 기억하고 있다. 아이들은 낚시를 하며 전쟁을 지운다 현해탄을 사이에 둔 애틋한 공방이 낯선 문자로 오간다 수상한 세월에도 '나의 상냥한 사람이여, 한가위 달을 혼자 쳐다보며 당신을 가슴 가득 품고 있소' 그 마음이 소중한 반지로 환생하였다. 크고 못생긴 발가락을 감추려 마련한 휠체어의 女人이 대향의 안부를 포장지에 담는다 남도의 따스한 햇살이 스물다섯 청년의 글씨로 써 내려간다 '나의 소중하고 귀여운 아스파라거스군, 만나고 싶어 머리가 멍해진 다오' 나는 그 마음을 슬쩍 주머니에 집어넣었다.

* 인용한 부분은 중섭이 그의 아내에게 보낸 편지글에서 따옴.

노인과 바다

지하철 경로석에 홀로
헤밍웨이가 앉아있다

맥고모자에 흰 수염이 덥수룩한 채로
책 한 장 한 장에 침을 발라가며
멕시코만의 청새치를 쫓고 있다

정차역마다 거칠게 비집는
파도를 온몸으로 맞으며
팔십사 일간의 불운을
지독히 곱씹어 본다

규칙적으로 넘실대는 생의 진동을
당연한 듯 받아들이는 그의 손엔
깊게 패인 상처의 울음이
이미 기억되고 있었다

수선을 거듭한 정장 차림에서
묻어나는 고집은

팽팽하게 세워둔 지팡이처럼
지난 사흘간의 사투를 견디게 했고

귀환을 서두르는 멘트가
또박또박 호명되는 동안
불콰해진 무리들이 쏟아내는 소음에도
단호히 다음 장면을 견인해 내었다

황홀한 뼈마디를 지켜보며, 산티아고
그 노인이 앙상하게 일어선다

수부水夫의 눈동자

동해안 7번국도 한 모퉁이서
오토바이의 불빛이 멈췄다

낯선 어둠을 헤아리지 못한 브레이크가
계속 뒷바퀴만을 돌리고 있었다

내일 새벽 출항할 계획은
미끌거리며 난간으로 팽개쳐지고
기관사인 그는 고장 난 부분을
더는 만지지 못했다

갯내보다 더 비릿한 붉은 빗방울이
주름만큼 패인 아스팔트를 삼키고
사십 년을 함께 한 해풍이
천천히 조문을 시작했다

한때 만선을 저인망처럼 길어 올리며
이모와의 행복을 수평선에 매달았던,
덕분에 찾은 그 항구의 등대가

매번 환하게 우리를 맞아주었던,
에워싼 어선들의 그물코로 함께 본 말쥐치가
자식 없는 부부의 허전함을 메꾸었던,
뱃머리에서 슥슥 베어 문 한 점 회가
짠맛 같은 노동을 단숨에 씻겨 내렸던,

이내 파도처럼 밀려온 경광등이
잦아지는 숨소리를 들쳐 메었다

감지 못한 그의 동공엔, 마악
검붉은 바다가 유언처럼 박혀 있었다

뽕짝아저씨

막차는 느리다

기다리는 이는 없지만, 꼬박꼬박
정류장을 지나치는 법이 없다

시대의 등짐을 지듯
자정 가까운 도심을 하나하나 호명하며
아저씨는 달팽이 뿔이 된다

밤보다 더 캄캄한 차 안으로, 고단한
유전자를 타고난 우리들 달팽이관으로
매번 핸들 잡은 투박한 손이
현철과 주현미를 지휘한다

창밖으론 오늘 일들이 청중으로 자리 잡는다

꿈속에서조차 쿨럭거리는 공장의 기계음이
때론 수험문제집의 숨 막히는 연필 소리가
적절한 장단으로 추임새를 넣는다

그 감동은 죽음보다 깊은 잠으로 대신하며
막차는 한 편의 가요무대가 된다

하나둘, 명멸해가는 가로등이 조명 같다

뽕짝아저씨는 늘 느리다

너클볼러knuckleballer

너클볼 투수가 된다는 건 죽었다 살아나는 걸 반복하는 겁니다.
하지만 절대 포기하면 안 되죠. 일단 공이 내 손에서 벗어나면
나머지는 세상에 맡겨야 하니까요.
— R. A. 디키Dickey의 말 중에서

유통기한이 지난 그는
일백여덟 개의 붉은 번뇌를
감당할 힘을 잃었다

더 이상 강한 회전으로
생에 저항하며
목표까지 도달할 젊음도 사라졌다

빠름이 상대에게 위협이 되는
당위의 순간, 그는 이제
자연의 패러다임에 몸을 맡기기로 했다

살랑거리는 미풍에도
사소한 종달새의 날갯짓에도
살짝살짝 제 몸이 흔들림을 느끼며
물끄러미 옆자리를 곁눈질도 해보고
가끔 뒷그림자를 스윽 훑어가며
그 어떤 마찰도 꿈꾸지 않고
종국엔 어떤 방향으로 낙하할지 고민도 없이

내가 아는 한 지인은 얼마 전
속도계를 버리고, 결국
그를 따라나섰다

* 너클볼: 투수가 던지는 변화구 중 하나로 공의 회전이 거의 없고 속도가
  매우 느리며, 바람의 영향을 받아 예측할 수 없는 움직임을 갖는 마구魔球
  와 같은 공.

4 부

그 사람, 김영오

어린나무를 살리기 위해
스스로 몸을 불태운다는
세쿼이아 나무가
광장에 누워 있다

한 방울의 마지막 수액까지
애써 증발시키며
거대한 숲을 꿈꾸던 당신

딱 한 줌 남은 숨 쉴 양의
영양분마저 내어주고
깊은 고요에 들려는
단말마적 외침, 수런거리는
화염에 휩싸인다

더러 구름은 거름이 되어
눈물로 다녀가기도 하고
바람은 더러 잿빛 시니컬로
앙칼지게 부채질도 하지만

다시 자라야 할 나무들이
왜 이 자리에서 우뚝
솟아야 하는지
곡기 끊은 벌판은 조용히
말하고 있다

이용녀 할머니

아흔이 훤히 내다보이는
나흘 앞으로 곧 다가올 광복날
이쯤에서 가야겠어

그해는 정말 무서운 바람이 불었지
피다 만 꽃들은 붉은 하혈을 하고
서걱이는 울음을 기어이 삼켜야 했어
세상은 한 번도 따뜻한 손
내어 주지 않고
밤마다 질척거리는 사내의
숨소리만 들려왔지
악몽은 눈물과 분노만으로
지울 수가 없었어
종로 일본 대사관 앞 시계는
늘 방년 16세의 나이로 멈춰 서 있지
천 번을 모여도 꿈쩍하지 않는
이 모질고 험한 세월
단 한 송이 꽃이라도 피우려는
희망은 또 꺾이고 말지

이제 나 같은 늙은이들
얼마 남지 않았어

불꽃
— 삶은 계속되어야 한다

20세기 일제가 저질렀던 광기의 역사가 지금
이 시간에도 우리의 몸을 지배하고 있다.
— 고 김형률 씨의 말 중에서

만 서른다섯 해가 남긴 발자국 하나,
그 지탱해야 할 무게는
죽음으로 소실점을 찾았다

평화시장 네거리, 한 청년이 불꽃으로 스러졌을 때
그 재로 세상에 작은 불씨를 돋운,
이웃들보다 삼 분의 일밖에 숨을 태울 수 없는,
쪼그라든 폐 속엔 환희와 절망의 유전자가
이미 생을 조종하고 있었다

히로시마의 섬광을 목격한 어미의 모유를 빨며
그해 만세의 콜록거림 보다,
가래 같은 전쟁의 공포에 호흡이 가빴던,
자궁에서 함께 유영했던 피붙이는
두 해도 견디지 못하고 별이 되었다

163㎝ 37㎏
두 발로 일어서고 걸으면서부터
제 몸을 제대로 가눌 수 없었던,

수십 차례 환자복으로 갈아입어야 했던,
질곡의 뿌리는 기어이 성장을 멈추게 했다

바다가 한 움큼 달려드는 수정동 좁은 방
좀 더 자라기 위한 선언은
슬픈 가계도家系圖를 당당히 그리며,
오 년간의 생을 혹사하며,
아픈 역사의 그물을 기우려 했다

이제 남은 몸속의 마지막 불꽃 하나,
그 연소해야 할 침묵은
결국 삶으로 계속되어야 했다

고백성사

나는 그를 위해 매일 새벽 기도를 바쳤어요

지팡이를 짚을 힘은 없지만 묵주만은 놓지 않았어요

정지된 그때의 화면이 늘 악몽처럼 베갯머리로 떠올라요

그날 나는 꼼짝없이 핸들을 붙잡고 있었죠

가시 돋친 탱자나무를 울타리로 방어한 관청 앞이었어요

제복의 사내들이 수상하게 들쳐 매고 옮기는 동안 시동은 꺼지지 않았죠

여섯 명이 동승한 검은색 지프엔 딱 한 명만이 숨을 쉬지 않았어요

그 온기만큼이나 삼월의 새벽 공기는 서늘하였지요

유리 없는 차창으로 남도의 비릿한 갯내음이 코끝으로

몰려왔어요

영문을 모르는 거리의 나뭇잎엔 아직도 어제의 매캐함
이 묻어 있었어요

확실한 증거를 인멸하기 위해 돌과 철사는 이미 예정
되어 있었죠

풍덩, 이란 실루엣이 무려 이십칠 일 동안 표백되어
버렸어요

세상이 바뀌고 약관의 나이만큼 나는 두려움에 떨며
몸을 숨겼죠

그럴수록 왼쪽 눈꺼풀이 텅 빈 것마냥 또렷해 오곤 했
어요

그리고 밤마다 그 속에 하얀 국화 한 송이를 놓는 꿈을
꾸었어요

이제 얼마 남지 않은 그와의 만남을 위해 매일 묵주기도를 바쳐요

어쩌면 죄의 보속으로 주님이 허락한 나의 숙명인 것만 같아요

졸리의 앰뷸런스

지프는 그가 수단으로 훌쩍 넘어간
마음처럼 개조되어 있었다

처음 도착한 톤즈의 마을과 같이
엔진 상태는 여전히 어지러웠다

배터리엔 그가 만난 눈동자들마냥
허연 녹이 끼어 있다

우기에도 떨어지지 않는 빗방울같이
기름은 늘 목말랐다

좌우로 잘 꺾이지 않은 핸들마냥
굶주림은 한 치의 오차 없이 여전하다

깨진 후사경이 담아내는 앞날은
바싹 마른 먼지처럼 뿌옇다

이미 멈춰버린 속도계의 바늘처럼

희망은 검게 탈색되어 있다

나환자의 손목과도 같은 기어봉으로
그는 마악 변속을 시도한다

뻑뻑한 가속페달을 밟을 때마다
묻어나는 신음들이 더운 바람에 날리기도 했다

낡은 타이어는 그의 신앙처럼 한없이
낮은 지층으로만 임했다

먼지에 반사된 차창 너머의 지평선이
오늘 하루를 순례해야 할 몫이다

생생한 경적만이 그의 목소리마냥
지친 영혼을 깨우기에 충분했다

마악 빤딱이는 전조등의 불빛처럼
청진기 너머의 심장 소리가 밝다

지프는 그가 남기고 온 고향 뒷산의 노을처럼
아프리카의 저녁 속으로 잠기어 갔다

두 꽃잎을 묻다, 왼쪽 자리에
— 미선이와 효순이를 기억하며

새로운 나라가 잉태되면서, 결국
그 오른쪽 바퀴는 발길질을 시작했어

점령군의 수유에 힘을 더해가며, 무섭게
흙길이든 아스팔트든 거침이 없었지

한때 뜨거웠던 유월의 광장에 숨을 고르고, 다시
어린 두 꽃잎을 차마 붉게 물들였어

길가엔 이미 다녀간 봄들마저, 울컥
흔들리는 지축에 몸서리를 쳤지

또래의 태어남을 축하하려는 고운 마음을, 무참히
학살해버린 건 오른쪽 가장자리였어

악, 저항의 외마디조차 삼켜버리며
거룩한 분노를 푹신한 소파에서 즐겼었지

강산이 한 번 더 바뀐 지금도, 여전히

살을 엘 듯한 굉음은 구르고 있어

하얗게 빛나는 국화 두 송이, 진정
놓여야 할 곳은 바로 여기 서늘한 왼쪽 자리이지

어떤 장례식

안산 땟골마을 김로만 씨는
결국 시베리아 횡단열차에 몸이 실렸다

몸서리치는 추위를 연한 목숨으로
또 하루를 지탱하며 피로시키를 만들었다

평상에 펼쳐진 단돈 천 원의 일용한 양식은
그가 버틸 수 있는 유일한 생계였다

육천 킬로미터를 달려가는 내내
밤마다 시신들이 밖으로 던져졌다

살아남기 위한 본능은 유전자처럼
고려인 로만 씨의 몸속을 지배했다

연해주에서 출발해 흘러간 팔십여 년은
모국어를 잊기에 확실한 세월이었다

아내와 새로이 정착한 땅은 여전히 낯설었고

이방인 3세라는 수식어만이 붙어 다녔다

아기 예수가 태어나기 불과 사흘 전, 그렇게
춥지도 않던 그해 구급차는 한 주검을 던져냈다

말도 돈도 허락지 않는 조국의 밤, 응어리진
핏덩이는 몸속에서 녹지 않은 채 터져 나왔다

상주도 영정도 제대로 없는, 어제
그가 만들다 만 피로시키만이 빈소를 지켰다

* 피로시키: 러시아식 만두

환생을 찍는 사진사

렌즈에 투시되는 피사체들은 모두가 웃고 있다
더는 가질 것도 버릴 것도 없는 막바지 생,

레테의 강을 건너기 위해 줄 서는 사연들에
셔터는 연신 합장을 한다

비좁은 골목을 돌아 가파른 계단 길을 넘어
끝내 살아온 흔적을 기억해내야만 하는 자리,

하지만 부장품들이 제각각 고집을 피운다

전쟁통에 실핏줄 같은 젊음과 맞바꾼 녹슨 훈장
하나뿐인 아들이 떠나가며 쥐여준 모조 진주 목걸이
온 생을 캄캄하게 버텨낸 구식 금테 안경
모
두
가
환생을 꿈꾸며 순장을 준비 중이다

앵글 속에 잡힌 구도, 카메라는
제 전생의 카르마를 씻어내려 보시를 시도한다

얼굴 한번 붉히지 않고 스무여 해 동안
일만 육천여 중생을 지천명으로 헤아려 본다

귀가 어두웠던 할머니가 후진하던 트럭에 치였던 그 날
급하게 고향으로 내려온 사진사의 터져 나오는 법문,

"장례를 치르려고 사진을 찾았는데 있어야 말이죠
주민등록증의 빛바랜 사진을 영정사진으로 만들면서
많이 울었어요
손자가 명색이 사진작가인데 사진 한 장 찍어드리지
못했으니"

* 인용된 부분은 신문기사의 인터뷰 내용 중에서 작가가 직접 한 말을 따옴.

밧줄을 타는 산타

일요일 한낮에 붉은 옷의 산타가
줄타기를 한다

딱히 넘어야 할 곳은 없지만
매번 요란한 음악에 몸을 뒤틀기만 한다

고가도로 아래, 벽난로보다 더 진한
먼지가 허연 수염에 매달린다

오가는 차량들의 창틈을 비집으며
몇 번이고 같은 쇼만을 반복한다

단 한 번의 낙상落傷도 없이
타야 할 썰매도 없이
여러 명의 산타가 밧줄을 탄다

눈이 올 기약은 멀었고
아이들은 이미 동심을 잃었다

캐럴도 울리지 않는 공단 사거리,
좌판의 여백엔 시름 하나가 놓인다

밧줄마저 주어지지 않는
오늘도 산타가 되지 못하는
한 가장家長의 그림자가 무늬진다

바람진단사

움직일 수 없게 되니까, 욕심부릴 수 없게 되니까, 비로소 평화를 느낀다.
때가 되면 떠날 것이고 나머지는 남아있는 사람들의 몫이다.
— 고 김영갑 작가의 마지막 말 중에서

무작정 바람을 만지작거리다
마침내 바람이 된 그는, 지금
용눈이 오름의 억새에게 말을 걸다가
눈 시린 하늘의 엷은 구름에 손짓한다

홀로 된 섬을 동무 삼아
스무 해 동안 숱한 추억들을
바람으로 진단한 흔적들,
그 여백엔 지울 수 없는 외로움이 자리했다

중산간 벌판에서 어머니 젖무덤을 발견하고는
멍하니 하르방처럼 바람을 맞다가, 그는
배고프면 입안으로 당근을 우물거리며
그 슬픔의 점도를 계산했다

수군거리며 몰려오는 안개의 저 밑바탕엔
어떤 소문들이 숨죽이며 이곳을
울음으로 적셔내는지, 그는 여위어가는
육신을 대신해 긴 손가락을 눌렀다

저 멀리 다가오는 바다의 물결은
어떤 바람에 의해 흰 눈물을 쏟아내는지
늙은 잠녀의 주름 패인 숨비소리에서, 그는
저승의 불턱을 셔터 속으로 채취했다

두모악이 훤하게 내려다보는
수명이 다한 학교 운동장 돌담 사이,
늘 그가 다독였던 그 바람이 이제
낡은 감나무 아래로 나지막이 돌아눕는다

멸화소녀

인도차이나 반도, 외진 마을을
지키는 숲의 정령들이
황급히 피난을 계시하였어요

하늘에서 떨어지는 불비를 피하며
온 세상을 태울 듯한 소리마저 무서운
그날의 기억 속에 킴쿡은 무작정 뛰쳐나왔죠

왼손을 꼭 잡은 엄마도 사라지고
그 등 뒤론 사십 여년을 지독하게 쑤셔대는
고통 하나를 떠매었죠

낡은 옷을 벗고 벗어도 집요하게 달라붙는 붉은 울음,
바짝 뒤쫓아오는 매캐한 제국의 욕망은
맨발의 거리 위로 하염없이 내닫게 했죠

옆집 아이와 유달리 놀았던 전날 밤
마을 못가에 심은 호아 샌이 시들어버리고
실종된 닭울음 같은 악몽에 그만 오줌을 지렸죠

철컥철컥 총탄 재는 소리에 맞춰
열대 공기보다 더 뜨거운 한 장면이, 후욱
입김처럼 지구의 전파를 타기 시작했어요

'전생에 아마 난 멸화군이었나 봐요'

* 킴쿡: 베트남의 한 소녀.
* 호아 샌hoa san: 베트남의 국화인 연꽃.
* 멸화군: 조선시대 불을 끄는 군사.

한 소년이 있다

— 한 장의 사진을 읽고

낯선 땅, 여전히 검은 대륙의 지층으로
화약 연기를 몰고 다니는 모래바람

무너진 담벼락 곳곳으로 얼어붙은 그림자들,

그늘 한 점 버틸 수 없는 생의 바닥에서
슬픔을 지우는 한 소년이 있다.

우르르 몰려나온 맨발의 아이들이
부기 빠진 공을 냅다 차올리는 사이

허공만을 주시하며 일어서지 못하는 그 마음,

전생같이 까마득한 어느 날, 아찔하게
사라져버린 두 다리를 더듬는 한 소년이 있다.

유난한 흰 눈동자의 동공 속으로 박힌
무장한 세력들의 거친 숨소리

두려움마저 실종된 그 날 기억의 파편,

시멘트 차가운 자리, 하얀 분필로
또박또박 다음 생을 그려나간 한 소년이 있다.

재키 로빈슨Jackie Robinson

그의 이름은 42번이다

플레이 되는 그라운드의 야구공과
정반대의 피부색으로
목화꽃을 닮지 못한 남부 조지아주
소작인의 아들로
철저하게 홈 베이스에서 배척당한
그는 영구결번 42이다

호쾌한 스윙으로 배트의 스위트스폿에
공을 정확히 맞히기보다
투수의 동작을 읽어내며 재빠르게
2루를 훔치기보다, 더 어려운 건
관중들의 물샐 틈 없는 야유와
팀원들의 짙은 침묵이었다

한사코 그를 허락지 않는 자리,
불가능을 가능으로 만드는 것이 역사라면
그 속엔 누런 흙먼지와

소금에 절은 그의 유니폼이 있었다

4월 15일, 메이저리그 선수들은
혁명적으로 모두 42번이 된다
그을린 사막의 선인장 같은, 수많은
재키 로빈슨이 스타디움으로 나선다

업서라의 기도

열두 살 소녀는 오늘도 공장에서 흙을 나른다.

하루 천오백 개의 벽돌을 찍어내야 지탱할 수 있는 행복, 달랑 1루피와 맞바꿔지는 벽돌 두 개의 무게는 버겁기만 하다. 엄마 아빠를 도와야 겨우 함께 누울 수 있는 단칸방의 낡은 침대, 그 위로 자그마한 꿈도 꿀 수가 있다. 대지진이 몰고 온 천식 같은 침묵, 학교에 다니지 못하는 두 오빠의 손톱 밑은 늘 새까맣다. 새벽 4시 단코트의 메마른 공기는 식구들의 허기를 북돋우지만, 한 끼 공양을 위해 몸은 벌써 분주하다. 열일곱 동갑내기로 만나 여지껏 말없이 만들어낸 벽돌, 정작 자신의 움막을 위해 쓰이지 않는 역설에 소녀는 못내 가슴 아프다. 유난히 큰 눈과 가녀린 손가락, 긴 어둠이 차지하는 자리에 기대어 기도하기에 알맞았다. 그녀가 가진 유일한 세 권의 경전, 그 속의 동화처럼 생이 창작되기를 두 손 간절히 모은다.

비가 오는 날은 업서라의 희망을 제단에 바치는 유일한 날이다.

태양주유소
— 제이미 모이어Jamie Moyer를 기억하다

희끗한 머리에 매달린 돋보기 너머
주유기注油器를 든 세상은
한번 굴절되어 있다
근육이 실어 나르는 파워는
급격히 연소되었지만
살아낸 생의 마디가
부도난 자리를 버티게 했다
차려입은 유니폼이 낯설기도 하지만
연신 타석에 들어서는 행렬에, 결국
주유구를 향한 피칭은
제 몸 크기에 알맞아야 했다
이제는 마운드에 살아남는 일만
생각해야 한다
힘 있고 빠르진 못하지만
정확하고 끝까지 시간을 던질 수 있는
지천명의 컨트롤이 필요하다
만 47세 6개월의 나이, 그날은
단 한 방울의 기름도 바닥에 흘리지 않은 채
하루를 완봉하였다

* 제이미 모이어: 미국 메이저리그 최고령으로 승리를 따낸 왼손잡이 투수.

역사의 악몽과 구원의 시쓰기

이 민 호(시인 · 문학평론가)

1. 역사 위에 서 있는 시인

김요아킴의 시를 대하며 경건한 마음이 되었다. 그리고 "사람이 지나간 자죽 우에 서서 부르짖는 것은 개와 都會의 詐欺師뿐이 아니겠느냐(시 「玲瓏한 目標」에서)"는 김수영의 일갈을 곱씹었다. 시를 함부로 써 댔던 현대 시인들을 '죽음보다 엄숙하게' 바라보았던 시인의 눈빛을 그에게서도 보았기 때문이다. 그처럼 김요아킴의 이번 시집은 '사람이 지나간 자죽(자국)'을 담았다. 외치거나 가르치려 들지 않고 김수영의 새로운 목표이듯 '종소리보다도 더 玲瓏하게' 들려주었다.

'사람이 지나간 자국'은 역사다. 시인은 역사 위에 서 있다. 그러므로 시인은 '개처럼, 사기꾼처럼' 부르짖어서는 안 된다. 카스파르 다비드 프리드리히가 그린 「안개 바다 위의 방랑자」처럼 시인은 단독자여야 한다. 산 정상에 우뚝 서 있는 사내는 묵묵히 안개가 바다를 이룬

전경을 바라보고 있다. 안개 바다는 거칠게 꿈틀대며 엄습하고 있는데 사내는 뒷모습인 채 망루의 초병처럼 흔들림이 없다. 그의 내면은 알 수 없다. 단지 적막하고 고독하리라 짐작할 뿐이다. 그가 바라보고 있는 자연은 공포와 절망을 껴안은 듯 거칠다. 김요아킴이 서 있는 역사 또한 악몽과 같다. 거기서 그는 지나간 사람들의 아직 발효되지 않은 흔적을 이야기하고 있다.

발터 벤야민은 역사를 연대기적으로 '쓰인 역사'와 문학적으로 '이야기하는 역사'로 구분한다. 쓰인 역사를 '하얀빛'으로 명명하고 이 빛이 이야기 형식의 스펙트럼을 통과하여 발광하는 '다채로운 빛'으로 분사된다고 말한다. 역사 위에 서 있는 시인은 어쩌면 이야기 형식 그 자체가 아닐까. 김요아킴에게 역사는 백일몽처럼 하얀빛이며 발효되지 않는 상태에 있다. 그는 이 역사의 악몽을 새로운 형식으로 뿜어내 발효되길 꿈꾼다.

역사 위에 서서 꿈꾸는 시인 김요아킴이 경험한 시간은 벤야민이 말하는 '참된 시간'과 '공허한 시간'으로 중첩돼 있다. 전자는 '별똥별빛이 섬광처럼 번쩍이는 순간'이며 후자는 '스스로 시작한 일을 결코 성취할 수 없는 자들의 지옥 같은 순간'이다. 김요아킴은 지옥 같은 시간에 서 있다. 그리고 거기서 발효되지 않은 시간의 균열을 꿈꾼다. 이러한 시간 속 틈이야말로 벤야민이 말한 '메시아가 들어서는 작은 문'이며 '사물이 참된 표정을 띠는 순간'이며 '잠 깨는 순간'이다.

김요아킴의 이번 시집은 원심적 흐름에 얹혀 있다. 자기로부터 출발하여 역사 속으로 들어가 다시 자기에게로 돌아오는 홈커밍 스토리다. 즉 귀향의 궤적을 이루고 있다. 1부는 공포와 역설을 주조로 구원자로서 스스로를 구성한다. 어린 기억 속에 살아 있는 사람들과 만나기 위해 호메로스 대서사시 『오디세이』의 오디세우스처럼 발효의 역사를 향해 출발한다. 2부는 세월호의 참극을 비롯해 사회 주변부 사람들의 불안한 기억을 담고 있다. 거기에 시인의 개인사가 겹치며 한 걸음 세상으로 나아간다. 3부는 사회적 개인의 열전列傳으로 확장된다. 역사의 주변부에서 침묵할 수밖에 없는 사람들의 기록이다. 거기에 언제나 시인의 개인사가 쌍을 이루며 흐르고 있다. 4부는 역사의 악몽 속에 등장하는 인물들의 열전이다. 역사의 트라우마 속에서 떠오르는 시간의 고원처럼 현실적 상상력으로 보다 열려 있다.

김요아킴은 자기 현실에서 나와 광막한 역사의 현장에서 위대한 모험을 하는 오디세우스다. 그러므로 이번 시집은 발효되지 않은 역사에서 자신을 해방시키고 우리에게 다른 세상을 보여주려는 시쓰기라 할 수 있다. 이제 역사의 악몽 속에서 구원의 문을 열려고 하는 그와 만날 수 있다.

2. 발효되지 않은 역사

발효醱酵 과정은 산소가 부족한 상태에서 유기물이 분해되는 현상을 말한다. 발효는 인간에게 좋은 미생물 작용을 자극한다. 이때 '산화酸化' 과정과 '열기'의 첨가가 따른다. 그러므로 산화는 시적으로 변용한다면 상실을 의미한다. 무엇으로부터 분리되는 일이다. 이렇게 발효의 시적 과정은 산화하여 재생하는 뜨거운 변화를 뜻한다. 이때 반드시 누룩의 열꽃 같은 징후가 있다. 이를 시적 열기라 부르면 되지 않을까. 역사의 현장에서 발효할 수 없는 상태는 부패라 할 수 있다. 다시 사는 생명으로 이끌 수 없는 지옥 같은 순간이기 때문이다.

어린나무를 살리기 위해
스스로 몸을 불태운다는
세쿼이아 나무가
광장에 누워 있다

　　　　　　　　　　—「그 사람, 김영오」 부분

그해는 정말 무서운 바람이 불었지
피다 만 꽃들은 붉은 하혈을 하고
서걱이는 울음을 기어이 삼켜야 했어

　　　　　　　　　　—「이용녀 할머니」 부분

163㎝ 37㎏

두 발로 일어서고 걸으면서부터
제 몸을 제대로 가눌 수 없었던,
수십 차례 환자복으로 갈아입어야 했던,
질곡의 뿌리는 기어이 성장을 멈추게 했다
　　　　　　　　　—「불꽃−삶은 계속되어야 한다」부분

나는 그를 위해 매일 새벽 기도를 바쳤어요

지팡이를 짚을 힘은 없지만 묵주만은 놓지 않았어요

정지된 그때의 화면이 늘 악몽처럼 베갯머리로 떠올라요
　　　　　　　　　　　　　　　—「고백성사」부분

강산이 한 번 더 바뀐 지금도, 여전히
살을 엘 듯한 굉음은 구르고 있어
　　—「두 꽃잎을 묻다, 왼쪽 자리에−미선이와 효순이를
　　　　　　　　　　　　　　　기억하며」부분

아내와 새로이 정착한 땅은 여전히 낯설었고
이방인 3세라는 수식어만이 붙어 다녔다
　　　　　　　　　　　　　　—「어떤 장례식」부분

　세월호 참극으로 수장된 어린 생명 유민이의 아버지,
일본군 '위안부' 이용녀 할머니, 원폭 피해 2세 환자 김
형률, 김주열 열사, 미선이와 효순이, 강제이주 고려인
김로만 등은 아직 쓰지 않은 역사다. 백색으로 탈색된

듯 창백한 빛을 발하고 있다. 역사의 주변부에서 이들은 공허한 시간 속에 존재한다. 제국주의와 파시즘과 비인간적 억압 아래 동질화된 시간이다. 어린 목숨을 살릴 수 없는 상태이며 폭력 트라우마에서 벗어나지 못하며 전쟁의 폭압을 견디지 못해 성장을 멈추었고 역사의 악몽은 정지된 채 시인을 고통 속에 몰아넣는다. 반복되는 역사의 수레바퀴와 같다.

그러나 이 역사의 흉포는 역설적이다. 총체적 상실은 달리 말하면 완전한 재생을 잉태하는 토대라 할 수 있다. 존재의 밑바닥까지 산화해버렸기 때문이다. 공허한 시간은 참된 시간을 예감한다. 동질화된 부정의 자질들은 각자의 삶 속에서 균열하여 다채롭게 분사되기를 기다리고 있다. 이 균열된 시간은 파열을 만들고 그 충돌 속에서 열기를 뿜어내게 될 것이다. 그러나 아직은 그 목전에 있다. 이 발효되지 않은 역사 앞에 김요아킴이 서 있는 것이다. 저 정지된 역사는 부패를 견디며 그의 시적 프리즘을 통과하였다. 그리고 이 시집 속에 별똥별 빛처럼 빛나고 있다. 다음 시는 그의 시적 발효과정을 잘 담고 있다.

늦은 아침, 아내와 주문한 국밥을 한술 뜹니다

서로의 말투 같은 뚝배기엔
어젯밤 노동이 우거지처럼 담겨있습니다

뜨끈하게 지펴 오르는 김은
한 점 땀방울로 이마에 송글거립니다
켜켜이 묵은 책장 사이로 발효되지 못한 활자들이
와락, 한 톨 밥알로 목구멍을 채웁니다

수십 년 동안 부화하지 못한 지식들,
책꽂이 깊이 옹송거리며 동면을 취하고 있었습니다
한 푼 두 푼 모아 찾아간 헌책방의 곰팡내와
낯선 이데올로기에 묻어난 매캐한 가스도 보였습니다
지난 세기의 잔해들이 그럴듯한 제스처도 없이
마스크를 낀 채로 결별을 선언하였습니다
종이박스에 몇 상자로 차곡차곡 재여
윤회할 채비를 갖추며 이른 아침을 맞았습니다

그리고 일용할 한 끼 양식으로 다시 태어났습니다
　　　　　　　　　　　　　―「국밥으로 환생하다」 전문

　늦은 아침이다. "미네르바의 부엉이는 황혼이 깃들 무렵에야 비로소 날기 시작한다."는 헤겔의 법철학은 현실을 견딘 지혜의 기다림을 은유한다. 이 시간의 견딤은 곧 역사로 변환될 수 있으며 도래할 역사의 조건은 이미 이루어진 것이 아니며 섣불리 예측하는 행위가 아니다. 시는 그보다도 더 기다린 늦은 시간에 '국밥(현실 혹은 역사)' 앞에 있다. 이러한 발효의 순간을 기다리는 일은 계륵처럼 목구멍에 피를 내는 것이다. 김요아킴의 '발효되지 못한 활자'가 역사 속에 빛나길 기다리는 사유는 더 없이 시적이다. '뜨끈하게 지펴'지는 열기가 있어야 함을, 땀방울이 맺히는 노동 이후에 도래할 것이라는 깨달음이 발효의 필수 조건임을 이야기한다. 발효의 다른 언어는 동면, 결별, 윤회로 변주된다. 이 시집에서 건져 올려야 할 시적 모티프다. 그래서 이른 아침에 발효된 역사의 재생을 앞에 놓고 환생의 환희를 맞보게 될 것이다. 늦은 아침의 빛이 이른 아침의 반짝이는 시로 태어나는 순간이다.

3. 새로운 천사

발효되지 않은 역사의 순간은 공허한 시간이다. 그러나 역설적으로 균열을 내포하고 있다. 이 틈이 '메시아가 들어서는 작은 문'이다. 메시아는 역사의 악몽을 헤치고 참된 시간을 가져오는 존재다. 시인에게는 '별똥별빛이 섬광처럼 번쩍이는 순간'이다. 김요아킴이 발효되지 않은 역사를 인식하고 발견한 모습은 시적이기도 하고 구원자의 면모이기도 하다. 시인은 역사가가 아니기 때문에 시간의 흐름에서 자유롭다. 과거나 미래에 얽매이지 않고 현재에 집중하려는 것이다.

천사는 미래의 메시아를 지금 믿게 하는 존재다. 그러나 이는 신학적 은유일 뿐이다. 벤야민은 이 미래적 역사의 도래를 현실의 고통을 망각시키는 행위라 여겼다. 그래서 김요아킴의 시적 화자는 벤야민이 말한 '새로운 천사'와 비견된다. 시인은 역사를 기억하고 간직하여 현실 공간에서 이야기하는 존재다. 새로운 구원의 이야기를 들려주려 하는 것이다. 김요아킴의 시쓰기는 '숨은 신'이 어디에 있는가 찾아 나서는 소중한 여행이다. 벤야민이 말한 메시아, 곧 숨은 신은 '난쟁이 곱추'로 상징화되었다. 이 유토피아에 대한 열망은 시적이다. 김요아킴의 시에 등장하는 침묵하는 존재들의 간절함이기도 하다.

> 내일 새벽 출항할 계획은
> 미끌거리며 난간으로 팽개쳐지고
> 기관사인 그는 고장 난 부분을
> 더는 만지지 못했다
>
> 갯내보다 더 비릿한 붉은 빗방울이
> 주름만큼 패인 아스팔트를 삼키고
> 사십 년을 함께 한 해풍이
> 천천히 조문을 시작했다
> ―「수부水夫의 눈동자」 부분
>
> 가진 거라곤 맨 몸뚱어리인 약관의 나이,
> 냅다 지른 주먹은 허공만을 갈랐지요
> ―「the boxer」 부분

남도, 시골, 농사, 가난, 가출
부산, 달동네, 공장, 야근, 저축
결혼, 장사, 성공, 부도, 택시 운전
　　　　　　　　　　—「택시 안에서 서사를 읽다」 부분

철거가 궁지에 몰린 변두리 마을 입구
한 사진관에 내걸린
문밖의 액자가 나이를 먹는다

화목을 시도한 가족사진들이, 서둘러
쇼윈도의 먼지로 빠져나가는 사이
돌 지난 아이의 벌거벗은 얼굴이
몰려다니는 흙바람에 잠시 주름이 진다
　　　　　　　　　　—「그 집 앞, 사진」 부분

수천 년의 발효되지 못한 역사가 윤회를 거듭하듯
더 큰 증오로 퇴적되고
죄 없이 맑은 눈동자와 식은 온기는
마지막 손가락의 수소문 끝에
힘겹게 발굴되었다
　　　　　　　　　　—「팻데일저빌」 부분

　아스팔트 바닥에서 멈춰버린 뱃사람의 목숨도, 가난하고 어린 복서의 소망도, 삶의 거처를 잃고 쫓겨나는 철거민의 그늘진 모습도 모두 '숨은 신'들의 변주다. 난쟁이 곱추처럼 그로테스크한 형상처럼 상징적이다. 이러한 상징은 김요아킴의 시에서 읽히길 기다리는 서사다. 그 이야기는 삶의 질곡을 지나 발굴되어야만 하는 발효되지 못한 역사다.

'붉은 빗방울, 허공, 주름'의 기억은 윤회하듯 반복하고 있다. 고통스럽지만 망각해서는 안 된다는 징표이기도 하다. 이 시집은 이러한 표징을 담고 있다. 역사의 균열된 틈 속에서 건져 올린 영웅들을 소환하여 본질적인 역사의 구원은 무엇이 되어야 하는지 생각하게 한다. 적어도 발효되지 않은 역사 자체인 이들 소수자들이 메시아를 상상하게 하는 새로운 천사이기 때문이다. 그래서 김요아킴의 구원의 목소리는 만해萬海가 새 희망의 정수박이에 들어부었던 슬픔의 힘처럼 은근히 뜨겁다.

슬픔이 뜨거운 것은 망각의 유혹을 뿌리치고 악몽을 기억하도록 힘을 주기 때문이다. 기억하는 일은 역사에 책임을 묻는 일이다. 인간은 언제나 역사 속에 존재하기 때문에 기억하고자 하는 뜻을 우리 자신에게 되묻는 일이기도 하다. 김요아킴은 그처럼 스스로에게, 나아가 현재 우리에게 발효되지 못한 존재들에 대해 기억하길 요청한다. 망각은 무수한 역사적 존재들을 구원하지 않겠다는 자기부정 행위이며 재생을 거부하는 비시적 욕망의 폭력이라 할 수 있다. 공허한 시간에 매몰된 저열한 인간으로 함몰되는 일이다. 그래서 김요아킴은 인간이 지니고 있어야 할 가장 인간됨의 시선으로 새로운 천사와 조우하길 소망하고 있다. 이러한 바람 속에서 기억은 반성적 자아를 요구하며 자신과 타자의 거리를 좁히고 일체가 되게 한다.

> 입었던 구명복의 기억을 짜 내며
>
> —「다시, 율포」부분

> 문틈으로 삐져나오는 산 자들의 통곡과
> 향불의 타들어가는 마음
>
> —「그 친구」부분

> 마악 쪼그려 앉은 알라딘이 다음 생을 위해
> 찬찬히 벼룩시장을 읽어간다
>
> —「만물상회」부분

김요아킴의 시쓰기는 누군가를 구원했던 기억의 힘겨운 재현이다. 역사의 '문틈'으로 삐져나오는 타자들의 삶을 애도하는 일이다. '다음 생'을 위해 협소한 생활의 낱낱을 읽어내는 천사의 날갯짓이다. 좀도둑 알라딘처럼 시의 램프를 문질러 발효되지 못한 거대한 '지니(소수자)'를 불러내는 경이로운 이야기다.

4. 위대한 모험

이 시집은 역사의 바다로 나아가 자기에게 돌아오는

모험 이야기다. 시적 항해는 발효되기 위해 역사의 악몽에 투신하는 것과 같다. 그리고 시적 귀향은 증류蒸溜 행위와 같다. 발효의 과정을 거쳐 열기 속에 기화됐던 시를 차갑게 냉각시키고 시의 액체로 돌아와 영롱하게 맺히는 일이다.

적어도, 그날 그이와의 만남을 위해선 몇백 년 전의 뱃길이 열려져 있어야 해. 쓰시마 해협을 따라 몇 번의 풍랑을 부여잡고 통신 사절단이 상륙한 그곳이어야 해. 나라 잃은 한恨이 큰 뱃고동으로 울리며 무수한 사연을 실어 나른 연락선의 종착지이기도 해야 해. 우진과 심덕의 이룰 수 없는 사랑이 바닷속 심연深淵으로 가라앉은 곳, 지금도 둥글게 울음 우는 그곳을 스쳐 지나야 해.

우선, 그이를 만나기 위해선 삼백오십 엔의 입장료가 필요하지. 뉘엿뉘엿 해를 쓰러뜨리는 여로旅路의 마지막 날, 낯선 곳으로 혼자만의 용기도 필요하지. 문이 열리는 입구의 정면엔 서로를 교묘히 응수하는 스모선수의 정지된 화면 동작도 필요하지. 반쯤 벽을 친 남녀 탈의실 가운데서 미동조차 않고 인사를 건네는 가녀린 목소리도 필요하지.

순간, 그이와의 만남이 시작되었어. 반듯하게 세월을 읽어낸 듯한 까만 안경이 수건을 움켜쥔 나의 눈동자와 마주쳤어. 대수롭지 않은 여느 사람들과 달리 욕탕에서 뿜어져 나오는 수증기가 나의 알몸을 슬쩍 가려주었어. 선풍기 바람은 일상의 시간들처럼 돌아가고 초로初老의 그이는 한 점 머리칼을 쓸어올리며 붉게 달아오른 나의 마음을 결국 들춰내고 말았어.

—「그녀의 시모노세끼항」 전문

김요아킴의 시의 항해 중에 잠시 정착했던 '시모노세끼항'은 어떤 곳인가. 이 시는 묘하다. 대중가요 '돌아와요 부산항에'를 떠올리게 하는 것은 무슨 신파조일까. 이 노래가 모국을 떠난 사람들의 애환과 귀향의 그리움을 담고 있다고 하는데 한편으론 애조 띤 가락에 얹혀 일제의 제국주의적 향수를 불러일으키기도 한다는 말도 있다. 신파가 대중에 영합해서 흥미에 매달리기 때문에 저속하다고 한다. 역사는 신파가 아니다. 신파조는 기억을 망각하게 하는 조미료가 섞여 있지는 않나 의심이 들기 때문이다. 이때 맺히는 슬픔은 발효와 증류의 과정을 거치지 않은 날것이라 더욱 그렇다.

이 시는 신파를 연상하게 해서 묘한 것이 아니다. 수많은 역사의 주체들이 함께 거주하기 때문이다. 시모노세끼항은 역사의 악몽을 거치고 난 후에라야 가 닿는 곳이다. 그리고 '그이'가 있는 곳이다. '그이'는 누구이며 '그이'와의 만남은 무엇을 뜻하는지 알 수 없어 미묘하다. '그이'는 제목에서 드러난 '그녀'일까. 그럴 수도 있고 그렇지 않을 수도 있어 묘하다. '그이'는 '그 사람'을 높여 이르는 3인칭 대명사다. 그러므로 '그녀'를 높이어 부르는 말일 수도 있고 그녀가 숭모하는 누구일 수도 있다. '그이'가 남성인지 여성인지도 명확하지 않아 묘하다. 그리고 '그이'를 만나기 위해 '용기'가 필요하고 정지된 화면 동작 같은 '경건함'이 필요하고, 자기를 내세우지 않는 '가녀린 목소리'가 필요하다니 묘하다. 세월을 반듯하게 읽어낼 수 있는 '그이'의 능력이 예사롭지 않다. 더욱 내 마음을 읽는 신기가 묘하다.

'그이'를 만나는 일은 시적 항해는 아닐까. 그러므로 김요아킴의 시쓰기는 '용기와 경건함과 가녀린 목소리'를 지향하는 것이 분명하다. 이는 김수영이 생각했던 시법이기도 하니 묘하다. 김요아킴의 시를 읽으며 경건하게 되었다는 말머리의 고백을 생각하면 더욱 그렇다. 그리고 신묘한 능력을 볼 때 '그이'는 레비나스가 말한 '그분(Illéité)'은 아닐까. 인간이 표상할 수 없고 인간권한 안으로 포섭할 수도 없는 절대자의 성격으로서 3인칭. '그분'은 역사에 흔적을 만든 존재로 여기에 부재하며, 나와 너 사이에 존재하지 않는 '제3격(la troisième personne)'이라 한다. 그렇다면 '그분'은 김요아킴의 시 속에서 발효되지 못한 수없이 많은 사람들로 부활하지 않았는가. 왜 김요아킴의 시쓰기가 구원을 지향하는지 깨닫게 된다.

이번 시집에서 보여주었던 김요아킴의 시적 항해가 위

대하다 말하고 싶지 않다. 그렇다면 이번 시집이 종착지가 되기 때문이다. 곧바로 새로운 세계로 항해를 시작하길 바란다. 오디세우스라는 이름은 '미움받는 자' 또는 '노여워하는 자'라고 한다. 김요아킴의 다음 시집이 위대한 모험이 되기 위해서 가져야 할 시적 덕목이라 생각한다. 부패한 역사에 '노여워하고' 소수자를 위해 '미움받길' 두려워하지 않았으면 한다.